하루 5분 글쓰기 챌린지

CONTENTS

프롤로그 | 이 책을 펼친 당신에게   4

Part 1 | **기억의 감각 깨우기**

1. 발이 기억을 만든다   10

2. 흘러가는 말 한 조각   13

3. 손에 잡히는 이야기   16

4. 익숙함에 균열 내기   20

5. 세상이 촉촉해질 때   24

6. 향기가 실어온 기억   27

7. 말없는 존재의 힘   30

Week 1 돌아보기   33

이
지
선

　일상의 감각을 서사로 설계하는 스토리텔링 디렉터. 오랫동안 에세이와 그림책을 집필하며 독자의 마음에 가닿는 이야기의 본질과 구조를 치열하게 연구해 왔다. 글을 쓴다는 것은 흐르는 시간을 붙잡아 '의미'를 짓는 일이라 믿는다. 지은 책으로 그림책 〈엄마의 두부집〉, 〈초록 바다를 보았니〉, 〈그림책 가나다〉가 있으며, 2025년 12월 청소년 문학 앤솔로지 〈안녕, 고래〉를 출간하며 이야기의 지평을 넓혔다. 또한 〈엄마와 함께 기적의 글쓰기 100일 작전〉, 〈AI 시대 글쓰기 생존 전략〉, 〈하루 5분 AI 챌린지〉 등 다수의 책을 통해 변화하는 시대에도 변치 않는 쓰기의 가치를 전하고 있다.

@heeyae /4 아티스트 계정
@writer_ljs 작가 계정

Part 2 | 관찰 습관 들이기

8. 망한 날의 보물   36

9. 귀로 모으는 세상   40

10. 과거의 나에게   43

11. 세상이 뒤집히는 순간   46

12. 버려진 것들의 목소리   51

13. 마음을 재는 눈금   54

Week 2를 마치며   58

Part 3 | 연결하고 확장하기

14. 우연의 충돌   60

15. 차가움과 따뜻함의 만남   63

16. 감정 팔레트 - 마음에 색을 칠하다   67

17. 멈춤 속의 발견   71

18. 혼자가 아닌 함께   75

19. 지금, 여기서 시작하기   79

에필로그 | 끝이 아니라 시작

         82

이 책을 펼친 당신에게

　당신은 지금 이 책을 펼쳤습니다. 어쩌면 '나도 뭔가 표현하고 싶은데…'라는 마음으로. 어쩌면 '막상 시작하려니 막막해.'라는 망설임으로, 혹은 '그냥 궁금해서'라는 가벼운 호기심으로 열었을 겁니다. 어떤 이유든 괜찮습니다. 이 책은 당신이 작가가 되거나 화가가 되라고 만든 책이 아니니까요.

이 책이 당신에게 약속하는 것

약속 1: 재능은 필요 없습니다

　"나는 글을 못 써." "그림은 더 못 그려." "창의력이 없어." 그런 말은 이 책에서 통하지 않아요. 이 책은 잘하는 법을 가르치지 않아요. 대신 느끼는 법, 보는 법,

기록하는 법을 알려줍니다. 재능이 아니라 관심만 있으면 돼요.

약속 2: 시간이 많이 안 걸립니다

이 책의 모든 미션은 3~15분이면 끝나요. 바쁜 아침, 점심시간, 잠들기 전, 틈새에. 언제든 딱 한 페이지만 펼치면 돼요. 꼭 매일 해야 하는 것도 아니에요. 3일에 한 번, 일주일에 한 번, 기분 날 때 한 번. 당신의 속도대로 하면 되는 책입니다.

약속 3: 완성하지 않아도 됩니다

이 책은 작품을 완성하는 게 목표가 아니에요. 한 줄 적어도 OK, 낙서 하나 그려도 OK, 그냥 읽기만 해도 OK. 과정 자체가 목적이에요. 당신이 오늘 느낀 것, 당신이 오늘 본 것, 당신이 오늘 기록한 것. 그게 전부예요. 이 책은 글쓰기 책이 아닙니다. 많은 사람들이 창작 책이라고 하면 이런 걸 떠올려요. 문장 구조, 기승전결, 묘사 방법 같은거요. 이 책엔 그런 게 없는 대신에 일상에서 영감을 발견하는 법만 다룹니다. 산책하다가, 카페에 앉아서, 방을 둘러보다가 "어? 이거 재

있네." "이 느낌 기억하고 싶어." "이걸 어떻게 표현하지?" 그 순간을 포착하는 법. 그게 이 책의 전부예요.

당신은 이미 창작자입니다. '창작자'라는 단어가 부담스럽나요? 괜찮아요. 창작자는 대단한 사람이 아니에요. 일상을 그냥 지나치지 않는 사람, 작은 순간에 의미를 붙이는 사람, 느낌을 기록으로 남기는 사람. 그게 창작자예요. 그리고 당신은 이미 그런 순간을 겪었을 거예요. 비 오는 날 창문에 맺힌 물방울을 보며 '한 편의 수채화 같다'고 생각했던 순간, 버스 안에서 누군가의 대화를 듣다가 "저 대화는 왜 나에게 특별하게 들렸을까" 궁금했던 순간. 당신은 이미 영감의 한가운데 서 있습니다. 그저 그것을 기록으로 붙잡아두지 않았을 뿐입니다.

이 책을 사용하는 법

1. 순서대로 안 해도 돼요
Part 1부터 차례대로 할 필요 없어요. 목차를 보고 "오늘은 이거!"하고 펼쳐도 돼요.
2. 빈칸을 다 채우지 않아도 돼요

빈칸이 많지만 다 채워야 한다는 강박은 버리세요. 한 줄만 써도 체크박스 하나만 눌러도 그걸로 충분해요.

3. 다시 펼쳐도 돼요

이 책은 한 번 하고 끝나는 책이 아니에요. 1년 후 다시 펼쳐서 같은 미션을 해보세요. 완전히 다른 결과가 나올 거예요. 왜냐하면 당신은 성장했을테니까요. 이 책을 시작하기 위해 필요한 건 딱 두 가지예요.

1. 펜 하나 (색깔 상관없음, 연필도 OK)
2. 이 책

간단하죠? 특별한 노트, 비싼 색연필, 예쁜 스티커. 아무것도 필요 없어요. 지금 손에 들고 있는 펜, 지금 펼친 이 페이지. 그것만으로 충분해요. 이 책을 시작하기 전에 한 가지만 기억하세요. 잘해야 한다는 생각을 버리세요. 이 책에는 정답이 없습니다. 당신이 느낀 게 정답이고, 당신이 쓴 게 정답이고 당신이 그린 게 정답이에요. 남들과 비교하지 마세요. 어제의 나와도 비교하지 마세요. 오늘 이 순간의 나 그게 전부예요.

당신은 지금 새로운 여행을 시작하려 해요. 목적지는

완벽한 작품이 아니에요. 내 안의 목소리 찾기입니다. 당신은 많은 걸 발견할 거예요. 평소엔 지나쳤던 풍경, 무심코 들었던 소리, 잊고 지냈던 감정. 그 모든 것들이 사실은 영감이었다는 걸. 그리고 그 영감은 멀리 있지 않았다는 걸. 항상 당신 곁에 있었다는 걸.

자, 이제 시작해 볼까요?

시작 선언문

지금부터

보고, 듣고, 느낀 것을

그냥 지나치지 않고

한 줄이라도 남겨봅니다.

잘하려고 하지 않겠습니다.

완벽하려고 하지 않겠습니다.

그서 시금 이 순간을

아주 조금이라도 붙잡아봅니다.

날짜: _____년 ____월 ____일

작가 이름: _____

1. 발이 기억을 만든다

하루 종일 방 안에만 있으면 생각도 방 안에 갇혀버립니다. 그럴 땐, 억지로 밖으로 나갑니다. 목적지도 없어요. 그냥 걷습니다. 세 번째 발자국쯤에서 세상이 말을 걸기 시작합니다. 바람 소리, 떨어지는 낙엽, 길모퉁이 어린 고양이. 그 작은 것들이 멈춰 있던 내 마음을 흔듭니다.

🎯 **오늘의 미션 (3분)**

밖으로 나가세요. 어디든 좋습니다.
집 앞 편의점, 아파트 단지 한 바퀴,
그냥 건물 밖을요. 3분만 걸으세요.
그리고 눈에 들어온 것 하나만 기억하세요.

📝여기에 적어보세요

오늘 산책하면서 본 것

[   ]

그게 무슨 색이었나요? [   ]

무슨 생각이 들었나요?

[   ]

🎨 3초 스케치

그 장면을 아주 간단하게 그려보세요.
(선 3개만 그어도 됩니다.)

✅ 완료 체크

오늘 미션 완료!

☐ 3분 산책 했음

☐ 한 장면 기록했음

☐ 스케치 했음 (또는 시도했음)

💬 Bonus Tip

"산책할 시간이 없어요"

→ 화장실 갈 때 창문 보기

→ 퇴근길 한 정거장 걸어가기

→ 3분도 없다면 30초만요.

2. 흘러가는 말 한 조각

카페에 앉아 있으면 사람들의 대화가 들립니다. "오늘 면접 망친 것 같아…." "엄마가 또 전화했어." "너는 왜 그렇게 웃기냐?" 그 말들 속에는 웃음과 한숨, 기대와 후회가 섞여 있습니다. 그러다, 이런 말이 들립니다. "그래도 해볼 거야." 그 한마디가 내 가슴을 콕 찌릅니다. 누군가의 작은 결심이 나에게도 용기가 됩니다.

🎯 오늘의 미션 (3분)

카페(또는 사람 많은 곳)에 가세요. 없으면,

· 유튜브 일상 브이로그 틀기 · 드라마 한 장면 보기

· 가족 대화 듣기

들리는 말 중 하나만 붙잡으시면 됩니다.

📝여기에 적어보세요

오늘 들은 말 한 줄

[   ]

🎨 그 말을 듣고, 내 마음에 흔적이 남았다면,

그림으로 남겨 주세요.

☐ 말 한 줄 기록

☐ 내 마음의 흔적을 그림으로 남기기

완료 날짜: _____월 _____일

→ 드라마/영화 대사도 OK!

→ 책 속 한 문장도 OK!

→ 혼잣말도 OK!

———————— **이작가의 생각** ————————

중요한 건
어떤 말이 당신의 마음을 움직였는가입니다.

3. 손에 잡히는 이야기

책상 위 낡은 머그컵. 손잡이는 깨져 있고 바닥엔 커피 얼룩. 하지만 이 컵을 버리지 않습니다. 이 컵에는 긴 글을 쓰던 밤, 눈물 한 방울 떨어졌던 날, 책을 완성하고 혼자 축하했던 순간이 묻어 있기 때문입니다. 사물은 말이 없지만 그 안에서 수많은 이야기를 흘려보내고 있습니다.

🎯 오늘의 미션 (3분)

지금 눈에 보이는 물건 하나를 고르세요.

· 펜 · 컵 · 열쇠 · 휴대폰 케이스

뭐든 좋습니다. 그것을 3분간 바라보세요.

✏️ 여기에 적어보세요

오늘 고른 물건 [   ]

이 물건을 언제 어디서 얻었나요?

[   ]

이 물건과 함께한 기억 하나

[   ]

이 물건과 연관되는 사람이 있다면 적어 보세요.

[   ]

🎨 물건 스케치

만지지 말고, 보기만 하면서 그려보세요
(정확하지 않아도 됩니다.)

✅ 완료 체크

☐ 물건 하나 선택
☐ 기억과 사람에 대한 기록
☐ 스케치 시도를 했나요?

완료 날짜: ＿＿월 ＿＿일

💬 Bonus Tip

"그림을 못 그려요"라고 하실 분은 이렇게 해 보세요.

→ 동그라미만 그려도 됩니다.

→ 윤곽선만 따라 그려도 됩니다.

→ 단어로 묘사해서 글로 써도 됩니다.

··· **샘플 글**

모서리 없이 늙어가는 법

주제: 낡아감(손때)을 긍정하고 둥근 삶을 지향하는 태도

뜨개질 선생님이 선물해 준 카드 지갑은 참 둥글다. 각
진 곳 하나 없이 유연한 곡선이다. 가방 안에서 이리 치
이고 저리 치여도, 뾰족하게 굴지 않고 납작 엎드려 제
자리를 지킨다. 처음의 선명했던 색은 내 손때를 타서
한 톤 차분해졌고, 짱짱했던 조직은 적당히 늘어져 내
손에 딱 맞는 그립감을 내어준다. 공산품이었다면 '낡았
다'고 말했겠지만, 이 지갑은 '익어간다'고 말하고 싶다.
누군가의 정성이 들어간 물건은 낡을수록 주인을 닮아
간다. 나도 이 지갑처럼 늙고 싶다. 뻣뻣하게 각을 세우
기보다, 타인의 뾰족함을 둥글게 감싸 안으며 부드럽게
낡아가고 싶다. 주머니 속에서 만지작거리는 이 둥근 감
촉이 오늘 하루 내 마음의 모서리를 깎아준다.

4. 익숙함에 균열 내기

매일 같은 시간에 일어나고 같은 자리에서 일하고 같은 길로 걷곤 합니다. 익숙함은 편안하지만 생각을 둥글게 만들기도 하지요. 여의도 공원의 낮은 활기차고 생명이 꿈틀거립니다.

하지만 밤에 걷다 보면 또 다른 세상이 펼쳐집니다. 빛의 방향이 바뀌자 세상이 전혀 다른 얼굴을 보여줍니다. 낮에는 평범했던 벽돌 건물이 주황빛 석양을 등지니 작은 미술관 같아지고요. 단지 시간을 바꾸었을 뿐인데 세계가 다시 살아납니다.

🎯 오늘의 미션 (5분)

오늘 하루 중 하나만 바꿔보세요
☐ 다른 시간에 밖에 나가기
☐ 평소와 반대 방향으로 걷기
☐ 다른 자리에 앉기
☐ 왼손으로 글씨 쓰기
☐ 바닥에 누워서 천장 보기
딱 하나만 골라서 해보세요.

📝여기에 적어보세요

오늘 내가 바꾼 것 [   ]
평소와 다르게 보인 것 [
                                        ]
기분이 어땠나요?
☐ 신기했다   ☐ 어색했다   ☐ 재미있었다
☐ 불편했다   ☐ 기타: _____

🎨 Before & After 모습 그려보기

✅ **완료 체크**

☐ 하나 바꿔봄

☐ 달라진 점 기록

☐ 그림으로 표현했나요?

완료 날짜: ＿＿＿월 ＿＿＿일

💬 Bonus Tip

"바꿀 게 없어요"

→ 손목시계를 반대의 손에 차보세요.

→ 평소 안 듣던 음악을 틀어서 들어보세요.

→ 다른 브랜드 과자를 사보세요.

─────── **이작가의 생각** ───────

뭐가 달라지겠어 하고 **의구심**이 들었다가,

생각보다 **신선함**을 느끼게 되실 거예요.

5. 세상이 촉촉해질 때

비가 내리는 날에는 온 세상이 잠시 멈춘 것 같습니다. 사람들은 우산 아래 숨어 급히 지나가고 차들은 느린 파도를 만들며 길을 건넙니다. 이럴 때 베란다 창가에 앉습니다. 유리창에 맺힌 물방울이 천천히 흘러내리는 모습을 바라보다 보면 내 마음 속 흩어진 생각들도 하나 둘 모양을 갖기 시작합니다. 빗소리는 묘합니다. 슬픔을 위로하고 고독을 달래고 묵은 감정을 부드럽게 풀어줍니다.

🎯 오늘의 미션 (비 오는 날 전용)

☐ 창가에 앉기 ☐ 빗소리 1분 듣기
☐ 물방울 하나 눈으로 따라가기
비가 안 오면 ☐ 수돗물 틀어놓고 소리 듣기
☐ 유튜브 빗소리 ASMR ☐ 물컵에 물 떨어뜨려보기

✏️ 여기에 적어보세요

오늘의 비 (또는 물소리)

날짜: ____월 ____일

비의 세기
☐ 보슬비 ☐ 중간 ☐ 폭우 ☐ 물소리

빗소리를 단어로 [   ]

빗소리를 들으니 떠오른 장면

[   ]

💧 물방울 따라그리기

창문의 물방울 하나를 따라가며 선을 그어보세요.

✅ 완료 체크

☐ 빗소리 (또는 물소리) 들음

☐ 떠오른 장면 기록

☐ 물방울 그림

완료 날짜: ____월 ____일

💬 Bonus Tip

"비가 언제 올지 모르잖아요"

→ 이 페이지는 보류하세요.

→ 비 오는 날 다시 펼치세요.

→ 일주일 안에 안 오면 수돗물로

—————— **이작가의 생각** ——————

자연은 기다려줄 가치가 있습니다.

6. 향기가 실어온 기억

아침마다 동네를 걷다 보면 골목 끝에서 고소한 냄새가 풍겨옵니다. 막 구워낸 빵냄새에 코가 벌름벌름하지요. 그 순간 이유 없이 행복해집니다. 따뜻한 반죽 속에 스며든 시간, 정성스레 반죽을 치대던 손, 새벽부터 꺼지지 않은 오븐의 열기까지. 그 모든 것이 한 번에 퍼져 나와서 교향곡을 들려줍니다. 향기는 말없이 우리를 어딘가로 데려갑니다.

🎯 오늘의 미션 (3분)

오늘 맡은 냄새 하나를 붙잡으세요.

· 커피 · 비누 · 풀냄새 · 빵 · 향수

코를 가까이 대고 3번 깊게 밑으세요.

✏️ **여기에 적어보세요**

오늘 맡은 향기 [   ]

이 냄새를 맡으면 떠오르는 장소 [   ]

이 냄새와 함께한 기억

[   ]
[   ]

이 냄새의 온도는?

☐ 따뜻하다   ☐ 시원하다   ☐ 뜨겁다   ☐ 차갑다

🎨 향기를 색으로 그린다면 어떤 색깔일까요?
떠오르는 소품 이미지도 함께 그려 보세요.

✅ 완료 체크

☐ 향기 하나 포착

☐ 기억 기록

☐ 그림으로 표현

완료 날짜: _____월 _____일

⋯ Bonus Tip

• 커피 원두를 가까이 대보세요.

→ 레몬 껍질을 벗겨보세요.

더욱 진한 향이 훅 끼칠 테니까요.

→ 새 책 냄새를 맡아보세요.

─────── **이작가의 생각** ───────

냄새가 약해도 괜찮아요.

중요한 건 **의식적으로 맡아보려는 행동**이니까요.

7. 말없는 존재의 힘

주말 아침, 꽃시장에 갑니다. 새벽 공기 속에 물기가 가득하고 곳곳에 흙 냄새와 초록이 섞여 있어요. 사람들은 각자 마음에 드는 꽃을 고르며 조용히 미소 짓고 있습니다. 누군가는 선물할 꽃을 누군가는 스스로에게 줄 꽃을 고르겠지요. 한 송이 꽃을 손에 들고 바라보면 기적 같은 사실을 깨닫습니다. 이 작은 생명은 아무 말도 하지 않지만 색과 향기만으로 존재를 증명하는구나 라고요.

🎯 오늘의 미션 (5분)

꽃 한 송이를 구하세요

꽃집에서 한 송이만, 길가의 들꽃, 조화도 좋아요.

없으면 꽃 사진을 찾아도 좋습니다.

그 꽃을 3분간 바라보세요.

✏️ **여기에 적어보세요**

오늘의 꽃

이름 [   ] (모르면 "이름 모를 꽃")

색 [   ]

냄새: ☐ 있음   ☐ 없음   ☐ 잘 모르겠음

이 꽃이 나에게 말을 건다면

"   "

이 꽃을 보니 드는 감정

[   ]

🎨 **꽃 스케치**

꽃잎 하나만 그리기를 시작해 보세요.

✅ 완료 체크

☐ 꽃 하나 구함 (또는 봄)

☐ 3분 관찰

☐ 스케치 시도

완료 날짜: ____월 ____일

💬 Bonus Tip

→ 마트에서 한 송이만

→ 공원 들꽃을 찾아 보세요.

→ 화분 식물 잎사귀도 좋습니다.

───────── **이작가의 생각** ─────────

꽃을 자세히, 그리고 찬찬히 들여다본 시간이 중요해요.

📊 Part 1을 완료했습니다!

Week 1 돌아보기

완료한 미션 개수는 몇 개인가요?

_____ / 7

가장 기억에 남는 미션은 무엇인가요?

Day ____ : [   ]

이유: [   ]

가장 어려웠던 미션을 골라주세요.

Day   : [   ]

왜 어려웠나요?

[   ]

🎁 나에게 주는 선물

완주한 당신에게

☐ 정말 수고했어
☐ 생각보다 잘했어
☐ 앞으로도 천천히
☐ 나는 할 수 있어

작은 보상   [   ]

오늘 나에게 줄 선물 [   ]
(좋아하는 간식, 쉬는 시간, 칭찬 등)

📈 변화 체크

시작 전 나는

☐ 일상이 지루했다
☐ 기록할 게 없다고 생각했다
☐ 관찰을 안 했다

지금 나는

☐ 주변을 조금 더 본다
☐ 작은 것도 기록할 만하다
☐ 감각이 조금 깨어났다

➡️ 다음 단계

Part 2로 갈 준비가 되었나요?

☐ 네, 바로 갈게요!
☐ Part 1을 한 번 더 할래요
☐ 잠시 쉬었다 갈게요

그럼 언제 다시 시작할까요?
____월 ____일부터 Part 2 시작

이작가의 생각

Part 1은 끝이 아니라 시작입니다.

당신은 이미 보고, 듣고, 느끼는 법을

조금씩 기억하기 시작했습니다.

이제 Part 2에서는 그 감각들을 습관으로 만들어봅니다.

준비되면 페이지를 넘겨주세요.

🎯 Part 1 완료 스티커

10개 미션을 모두 완료했다면 여기에 표시하세요!

(내가 좋아하는 아이콘을 색칠하거나,

실제로 스티커를 붙여 보세요.)

관찰 습관 들이기

이번 파트부터는 보는 게 아니라 발견하기를 시작합니다.

8. 망한 날의 보물

한때 실패를 감추려고 애썼습니다. 못 그린 그림은 구겨서 버렸고 이상한 문장은 지웠습니다. 창피한 아이디어는 혼자 삼켰습니다. 그런데 어느 날 없어진 명함을 구석구석 찾다가 6개월 전 버렸던 스케치를 발견했습니다. 그때는 형편없다고 생각했는데 지금 보니까… 아이디어가 보였습니다. "아, 이 선을 이렇게 돌리면?" "이 색을 반대로 쓰면?" 실패는 죽은 게 아니라 잊고 있었던 거였나 봅니다. 그날 이후로 '실패 노트'를 만들었습니다.

🎯 **오늘의 미션 (5분)**

오늘의 실패를 기록합니다.
최근 망한 것 하나:
이상하게 나온 요리, 잘못 보낸 문자
실수한 대화, 못 그린 그림.
뭐든 좋아요.

📝**여기에 적어보세요**

오늘의 실패 [   ]

왜 실패했나요? (솔직하게)
[   ]
[   ]

이 실패에서 건질 것 하나는 무엇인가요?

☐ 웃긴 장면 ☐ 배운 점 ☐ 다음에 고칠 것
☐ 그냥 재밌는 기억 구체적으로
[   ]

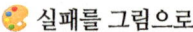 **실패를 그림으로**

그 실패의 순간을 4컷 만화로 그려보세요

✅ 완료 체크

☐ 실패 하나 기록

☐ 건진 것 찾기

☐ 만화로 표현

완료 날짜: ____월 ____일

⋯ Bonus Tip

→ 오늘 일부러 뭔가 이상하게 해보세요.

→ 왼손으로 그림 그리기 추천해요.

─────── **이작가의 생각** ───────

실패 노트의 진짜 목적은
실패를 두려워하지 않는 연습 아닐까요?

9. 귀로 모으는 세상

눈을 감고 5분 있어봤습니다. 순간 세상이 입체가 됐습니다. 멀리서 자동차 소리가 들렸어요. 그 소리는 가까워지다가 지나가고 멀어졌습니다. 냉장고 웅웅거림, 누군가 숨쉬는 소리, 키보드 타닥거림, 멀리서 짐을 옮기는 소리까지. 눈을 뜨고는 놓쳤을 것들을 귀를 열고 새롭게 들었을 때, 세상이 레이어처럼 쌓여 있다는 걸 알게 됐습니다.

🎯 오늘의 미션 (5분)

타이머 5분. 눈을 감으세요. 들리는 소리를 세어보세요.
·가장 큰 소리 ·중간 소리 ·가장 작은 소리
5분 후 눈을 뜨고 기록합니다.

✏️ 여기에 적어보세요

소리 레이어

🔊 큰 소리　　[　　　　　　　　　　]

🔊 중간 소리　[　　　　　　　　　]

🔊 작은 소리　[　　　　　　　　　]

🔊 거의 안 들리는 소리　[　　　　]

🔊 제일 신기했던 소리　　[　　　　]

✅ 완료 체크

☐ 눈 감고 5분

☐ 소리 4개 이상 찾으셨나요?

☐ 그림으로 나타내 보세요.

완료 날짜: ____월 ____일

··· Bonus Tip

"너무 조용해서 소리가 없다고요?"

→ 그게 바로 소리입니다.

→ 완벽한 고요는 존재하지 않으니까요.

→ 귀를 더 기울여보세요: 혈관 뛰는 소리, 숨소리,

옷 스치는 소리가 들리실 거예요.

--- **이작가의 생각** ---

silence도 하나의 사운드입니다.

관찰 습관 들이기

10. 과거의 나에게

사람들은 타임캡슐을 미래에 씁니다.

"10년 후의 나에게" "내년의 나에게"

하지만 나는 과거의 나에게 편지를 썼습니다.

"3년 전의 나에게"

그때 네가 그림을 그만두려고 했을 때 나는 이해해. 정말 힘들었지. 그런데 있잖아. 넌 그만두지 않았어. 그래서 지금 내가 여기 있어. 고마워. 편지를 쓰는 동안 눈물이 났습니다. 과거의 나를 위로하니 지금의 나도 위로받았습니다. 그때는 사정이 있었지, 하지만 지금의 나를 보라고, 여기까지 잘 왔다고 어깨를 토닥여 주고 싶습니다. 그때의 나를 꼭 안아 주고 싶습니다.

🎯 오늘의 미션 (10분)

과거의 나에게 편지를 씁니다.

언제의 나인가요?

☐ 1년 전   ☐ 5년 전   ☐ 10년 전   ☐ 어렸을 때

그 시절 나에게 해주고 싶은 말

[   ]

📝여기에 적어보세요

_____년 전의 나에게

[   ]
[   ]

그때의 나는 뭘 고민했나요?

[   ]

그 고민은 지금 어떻게 됐나요?

[   ]

💟 답장 받기

과거의 내가 답장을 보낸다면 뭐라고 왔을까요?

“   ”

✅ 완료 체크

☐ 과거 선택
☐ 편지 작성
☐ 답장 상상

완료 날짜: ____월 ____일

💬 Bonus Tip

→ 옛날 사진 한 장을 찾아 보세요.
→ "초등학생 때의 나" 같은 큰 단위로
　 생각해도 좋습니다.

───────── **이작가의 생각** ─────────

정확한 기억이 아니어도 느낌만 떠올려도 충분합니다,
다시 영감이 되어 돌아올 것이니까요.

11. 세상이 뒤집히는 순간

나는 어느 날 거꾸로 걷기를 해봤습니다. 이유는 뭐였을까요? 그냥 심심해서요. 뒤로 걸으니까 세상이 역재생되는 것 같았어요. 사람들이 내게서 멀어지고 나무가 뒤로 흐르고 시간이 반대로 가는 느낌이 들었습니다.

그런데 진짜 신기한 건 아무도 날 안 봤다는 것이었어요. 10분 동안 거꾸로 걸었는데 단 한 명도 쳐다보지 않았습니다. 사람들은 앞만 보는구나라고 생각했어요. 그 깨달음이 이상하게 마음에 남았습니다. 집에 와서 앞만 보는 사람들이라는 짧은 글을 썼습니다. 거꾸로 걷기 10분이 3개월 고민보다 나았던 순간이었어요.

🎯 오늘의 미션 (10분)

오늘 뭔가 하나를 반대로 해보세요.

선택지

☐ 거꾸로 걷기 (3분)

☐ 반대 손으로 양치

☐ 옷 뒤집어 입기

☐ 거꾸로 읽기 (끝에서 시작)

☐ 반대 순서로 루틴 (저녁→아침)

☐ 밥을 후식처럼, 디저트를 먼저

✏️여기에 적어보세요

오늘 반대로 한 것

[   ]

느낌

☐ 어색했다 ☐ 웃겼다 ☐ 어려웠다

☐ 신기했다 ☐ 화났다 (왜?)

반대로 하면서 발견한 것

[   ]

 **반대 세계**

반대 세계는 어떤 세상일까요? 그림으로 표현해 보세요.

✅ 완료 체크

☐ 뭔가 반대로 함
☐ 느낌 기록
☐ 발견 적기

완료 날짜: ＿＿＿월 ＿＿＿일

이작가의 생각

익숙한 방향으로만 걷다 보면 같은 풍경만 보게 됩니다. 하지만 단 한 번 몸을 돌려 반대로 걸어보면 당신이 지나쳐온 모든 것들이 처음 보는 얼굴로 당신을 바라볼 것입니다. 창작도 그렇습니다. 언제나 같은 방식으로만 시작하면 같은 결과만 반복될 수 있습니다. 오늘, 무언가 하나를 반대로 해보는 것만으로도 당신 안에 잠들어 있던 전혀 다른 목소리가 깨어날 것입니다.

직진의 세상에서 뒷모습을 읽다

세상은 거대한 컨베이어 벨트 같다. 모두가 약속이라도 한 듯 '앞'이라는 하나의 방향으로만 떠밀려 간다. 그 거센 물살을 거슬러 10분간 거꾸로 걸어보았다. 내 시야에 들어온 것은 다가오는 사람들의 표정이 아니라, 멀어지는 사람들의 '등'이었다. 축 처진 어깨, 급하게 내딛는 발걸음, 무언가에 쫓기듯 경직된 목덜미. 정면을 볼 때는 몰랐던 삶의 고단한 무게가 그들의 뒷모습에 매달려 있었다. 사람들이 나를 보지 못한 건, 나를 무시해서가 아니라 그저 앞을 보느라 너무 바빴기 때문일 것이다. 곁을 살필 여유조차 없이, 넘어지지 않으려, 뒤처지지 않으려 시선을 전방에 고정해야만 하는 삶. 거꾸로 걸으며 나는 비로소 보았다. 우리 모두가 얼마나 치열하게 '직진'하고 있는지를.

관찰 습관 들이기

12. 버려진 것들의 목소리

길을 걷다가 쓰레기통을 봤습니다. 근처에 떨어진 것들은 구겨진 영수증, 담배꽁초 3개, 찢어진 복권, 누군가의 메모지였어요. 멈춰서 그 메모지를 읽었습니다.

"우유 / 계란 / 엄마 생일"

누군가 샀을까? 엄마 생일은 챙겼을까? 왜 버려졌을까? 쓰레기 하나가 한 사람의 하루를 보여줬습니다.

우리는 항상 "예쁜 것", "새것"을 찾지만 버려진 것에도 이야기가 있는 법이지요. 완성된 작품만이 예술이 아니니까요. 구겨진 스케치, 지워진 문장, 버려진 아이디어 속에도 누군가의 고민과 망설임과 용기가 숨어 있습니다.

🎯 오늘의 미션 (10분)

길거리에서 쓰레기 1개를 관찰하세요.

찾을 것

☐ 영수증 ☐ 찢어진 종이 ☐ 떨어진 포장지

☐ 버려진 물건 ☐ 낙서된 벽

✏️여기에 적어보세요

발견한 쓰레기 [   ]

어디서 발견 [   ]

이 쓰레기의 전 주인은 어떤 사람이었을까?

나이 [   ] 직업 [   ] 오늘 기분 [   ]

이 쓰레기가 버려진 이유

[   ]

📖 쓰레기의 독백

만약 이 쓰레기가 말을 한다면?

"   "

✅ **완료 체크**

☐ 쓰레기 발견
☐ 관찰 기록
☐ 이야기 상상

완료 날짜: _____월 _____일

이작가의 생각

버려진 것을 보는 눈을 가지면 당신은 더 이상 완벽한 첫 문장만을 기다리거나 완성된 그림만을 꿈꾸지 않게 될 것입니다. 구겨진 종이 한 장에도 누군가의 용기가 있었고 찢어진 메모에도 한때는 간절한 마음이 있었음을 알게 될 것입니다. 당신이 쓰다 지운 문장, 당신이 그렸다 버린 선, 그 모든 것이 헛되지 않았습니다. 버려진 것들은 말합니다. "나는 끝이 아니라 다음 시작을 위한 흔적이야."라고요.

13. 마음을 재는 눈금

"기분이 어때?" 이 질문에 항상 "그냥 괜찮아"라고 했습니다. 근데 사실 괜찮지 않을 때도 있었습니다. 그냥 표현할 말이 없었고 말을 삼켰을 뿐이지요. 그래서 나는 감정에 온도를 붙이기로 했습니다.

오늘 기분: 23도. 따뜻하지도 차갑지도 않고 딱 애매한 온도. 근데 어제는 −5도였습니다. 손끝이 시릴 정도로 차가운 하루. 그걸 기록하니까 감정이 구체적으로 보였습니다. "오늘은 35도네. 너무 뜨거워서 식혀야겠다." 글을 쓸 때 "슬펐다", "기뻤다"만 반복하면 감정이 평면으로 느껴지지요. 하지만 온도를 붙이면 −3도의 슬픔과 −15도의 슬픔이 전혀 다르다는 걸 알게 됩니다. 그림도 마찬가지입니다. 차가운 파란색에도 −10도의 파랑과 −20도의 파랑이 있습니다.

🎯 오늘의 미션 (하루 3번)

하루의 감정 변화를 선으로 그려보세요.

🎨 온도를 색으로

각 온도에 어울리는 색

아침 [   ]도 → 색: [   ]

점심 [   ]도 → 색: [   ]

저녁 [   ]도 → 색: [   ]

✅ 완료 체크

☐ 3번 온도 체크

☐ 그래프 그리기

☐ 색 표현

완료 날짜: _____월 _____일

⚇ 샘플 글

사람들은 나에게 "저 꽃이 빨갛다"고 말하지만, 나는 "저 꽃이 끓고 있다"고 느낀다. 한여름 뙤약볕 아래 핀 장미는 내 눈을 지질 듯이 뜨겁다. 반대로 한겨울의 파란 하늘은 눈이 시릴 만큼 차가운 얼음장이다. 그래서 나는 말을 고를 때 신중해진다. 누군가에게 사랑한다는 말을 건넬 때, 나는 그 말이 체온과 가장 비슷한 온도의 분홍색이기를 바란다. 너무 뜨거워 상대를 데게 하지도, 너무 차가워 얼어붙게 하지도 않는, 딱 알맞은 미지근함. 나에게 글을 쓰는 일은, 세상의 온갖 색채가 가진 온도를 적절히 배합해 독자에게 가장 따뜻한 문장을 입혀주는 일이다.

감정은 투명하지 않습니다. "슬프다"는 말 속에 얼마나 많은 결의 슬픔이 있는지 우리는 너무 쉽게 지나치곤 합니다. 하지만 오늘 **당신의 마음에 온도**를 붙이는 순간 당신은 알게 될 것입니다. 어제의 -5도와 오늘의 -12도가 같은 차가움이 아니라는 것을요. 어떤 따뜻함은 28도이고 어떤 따뜻함은 63도라는 것을요. 글을 쓰는 사람은 감정의 온도를 아는 사람입니다. 그림을 그리는 사람은 색의 온도를 감각하는 사람입니다. "오늘은 19도야. 살짝 선선한 기분이야." 그렇게 말하는 순간 당신의 표현은 살아 움직이기 시작할 거에요.

📊 Part 2 완료!

Week 2를 마치며

완료한 미션 개수: _____ / 6

그동안 당신은 많은 것을 기록했습니다.
어떤 날은 한 줄도 안 써졌고
어떤 날은 그림이 엉망이었고
어떤 날은 그냥 멍하니 있었을 겁니다.
그래도 괜찮습니다.
창작은 매일 걸작을 만드는 게 아니라
매일 조금씩
자신의 목소리에 귀 기울이는 일이니까요.
당신이 오늘 적은 한 줄, 당신이 오늘 그은 선 하나,
당신이 오늘 느낀 온도 하나
그 모든 것이 언젠가 당신의 작품 한가운데서
빛나는 순간이 올 것입니다.

Part 2를 마친 당신에게
박수를 보냅니다.
당신은 이제 일상을 관찰하는 사람이 아니라
일상을 기록하는 사람이 되었습니다.

➡️ **Part 3으로**

다음 미션은 좀 더 대담해집니다.
감각을 깨웠고 관찰을 익혔으니
이제는 실험하고 뒤집고 연결할 시간입니다.
준비됐나요?

📊 **Part 2 완료 기념**

⭐   **PART 2 완료**   ⭐

당신은 이제 기록자입니다

그간의 흔적이

당신 안에 쌓였습니다

날짜: _____년 __월 __일

14. 우연의 충돌

아이디어가 막힌 날 라디오를 켰습니다. 흘러나온 노래는 임영웅의 "사랑은 늘 도망가…"였어요. 익숙한 멜로디였지만 갑자기 한 가지 생각이 스쳤습니다. "사랑이 도망간다면 쫓는 건 누구지?" 그 순간 TV를 켰습니다. 어느 가수의 멋진 뮤직비디오였어요. 청룡영화제에서 가장 드라마 같았던 순간을 담은 멋진 내용이었습니다. 굿 굿바이라… 그리고 마지막으로 책을 펼쳤습니다. 손가락이 닿은 단어: "도약". 세 조각이 갑자기 이어졌습니다. 누군가를 따라가던 사람이 결국 혼자 뛰어오르기로 결심하는 이야기. 음악의 감정, 뮤직비디오의 이야기, 책에서 주운 단어까지. 세 개가 충돌하자 완전히 새로운 이야기가 태어났습니다.

🎯 오늘의 미션 (15분)

3개의 소스를 섞습니다.

1단계: 음악에서 가사 한 줄

☐ 라디오 켜기 ☐ 플레이리스트 랜덤
☐ 지금 들리는 노래
가사 한 줄

[   ]

2단계: 영상에서 대사 한 줄

☐ TV 켜기 ☐ 유튜브 랜덤
☐ 드라마/영화 아무 장면
대사 한 줄

[   ]

3단계: 책에서 단어 하나

☐ 책 아무 페이지 ☐ 손가락으로 랜덤 포인트
단어

[   ]

3개 조합

음악: [   ]

대사: [   ]

단어: [   ]

이 셋을 한 문장으로

[   ]

✅ 완료 체크

☐ 3가지 소스 수집

☐ 조합 문장 작성

☐ 이야기 방향 잡기

완료 날짜: ＿＿월 ＿＿일

───── **이작가의 생각** ─────

창작은 무에서 유를 만드는 게 아닌 것 같아요. 이미 존재하는 것들을 전혀 예상치 못한 방식으로 충돌시키는 것이죠. 음악이 감정을 주고, 영상이 상황을 주고 책이 의미를 줍니다. 이 셋이 만나는 순간 당신 안에 없던 세계가 갑자기 모습을 드러낼 수 있습니다.

15. 차가움과 따뜻함의 만남

카카오톡의 챗 지피티에게 물었습니다. "오늘 뭐 쓸까?" AI는 친절하게 답했습니다. "자연을 관찰하며 느끼는 감정을 써보세요." "그래, 맞는 말인데…너무 무난해." 옆에 있던 낡은 소설책을 펼쳤습니다.

눈에 꽂힌 문장: "그는 아무도 모르게 창문을 열었다."

AI의 "자연 관찰", 책의 "몰래 창문을 여는 장면"

두 가지가 합쳐지자 완전히 새로운 이미지가 떠올랐습니다. 밤중에 몰래 창문을 열어 바람의 향기를 훔쳐서 보관하는 사람. AI는 방향을 주고 책은 디테일을 주었습니다. 차가운 논리와 따뜻한 감성이 만나면 예상 밖의 이야기가 태어났습니다.

🎯 오늘의 미션 (15분)

1단계: AI에게 질문

질문: "오늘 뭐 쓸까?" 또는 "아이디어 줘"

AI 답변: [

]

2단계: 종이책 랜덤

☐ 아무 책이나 한 권 ☐ 눈 감고 펼치기
☐ 손가락으로 한 문장 찍기

문장 [   ]

📝 여기에 적어보세요

AI가 준 방향 [   ]

책이 준 디테일 [   ]

이 둘을 섞으면 [   ]

🤖📖 충돌 지점

AI의 논리적 제안 [   ]

책의 감성적 문장 [   ]

만나는 순간 생기는 이미지 [   ]

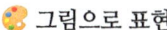 **그림으로 표현**

그 이미지를 간단히 그려보세요.

✅ 완료 체크

☐ AI 질문
☐ 책 랜덤
☐ 조합 완성

완료 날짜: ____월 ____일

이작가의 생각

AI는 완벽하게 효율적입니다. 하지만 그 완벽함 속엔 예측 가능한 답이 많습니다. 종이책은 낡고 구겨져 있습니다. 하지만 그 낡음 속엔 시간이 쌓인 온기가 있지요. 차가운 알고리즘과 따뜻한 종이가 만날 때 당신은 발견할 것입니다. 기계가 줄 수 없는 따뜻함과 사람이 생각하지 못한 연결을. 디지털과 아날로그는 대립하는 게 아니라 서로를 완성시킵니다. 오늘, 두 세계를 충돌시킨 당신은 그 중간에서 전혀 새로운 목소리를 발견했을 것입니다.

16. 감정 팔레트 – 마음에 색을 칠하다

감정을 표현하는 게 가장 어려웠습니다. "슬펐다" "기뻤다" "화났다". 단어는 있는데 느낌이 살지 않았습니다. 그러던 어느 날 친구가 물었습니다. "너 오늘 기분 무슨 색이야?" "회색… 비 오는 콘크리트 색?"

그 말을 하는 순간 내 마음 상태가 이미지로 떠올랐습니다. 촉촉하지만 차갑고 빛이 거의 없는 표면. 그 한 가지 색만으로 백 마디 말보다 정확했습니다. 그 뒤로 감정을 쓸 때 항상 색을 먼저 떠올립니다. 오늘은 말랑한 복숭아색, 어제는 탁한 올리브 그린, 그제는 새하얀 형광등 불빛, 색으로 감정을 보면 글도 그림도 훨씬 입체적으로 살아납니다.

🎯 오늘의 미션 (하루 종일)

오늘 하루 3번, 감정을 색으로 표현하세요.

📝 여기에 적어보세요

아침 감정

색 [   ] 질감 [   ]

(예: 부드러운, 거친, 끈적한)

온도 [   ] (예: 차가운, 미지근한, 뜨거운)

점심 감정

색 [   ] 질감 [   ] 온도 [   ]

저녁 감정

색 [   ] 질감 [   ] 온도 [   ]

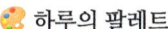 하루의 팔레트

오늘 내 감정을 한 장의 그림으로 보세요.

색을 문장으로

오늘의 색으로 한 문장

예: "오늘은 머리맡에 놓인 레몬처럼 환한
노란색이었다가, 저녁엔 발자국이 겹쳐진 골목처럼
잿빛으로 스며들었다."

_____

_____

✅ **완료 체크**

☐ 3번 색 기록
☐ 질감/온도 추가
☐ 문장 완성
완료 날짜: ＿＿＿월 ＿＿＿일

이작가의 생각

슬프다는 말 속에 수백 가지 슬픔이 숨어 있습니다. 하지만 우리는 그 차이를 표현할 말을 가지고 있지 않지요. 색은 그 침묵을 깹니다. 회색 슬픔과 검은 슬픔은 다르고, 하늘색 기쁨과 노란색 기쁨은 다릅니다. 당신이 오늘 감정에 색을 붙이는 순간 당신의 글은 더 이상 평면이 아니게 됩니다. 당신의 그림은 더 이상 장식이 아니게 됩니다. 색은 감정의 지문입니다. 오늘부터 당신은 괜찮아라고 말하는 대신 오늘은 연한 라벤더색이야라고 말할 수 있을 것입니다. 그 순간 당신의 표현은 세계를 갖게 됩니다.

연결하고 확장하기

17. 멈춤 속의 발견

어느 날 작업실 바닥에 누웠습니다. 아무것도 하기 싫었습니다. 연필도 잡기 싫고 노트북도 열기 싫고 생각도 하기 싫었습니다. 평소라면 죄책감이 몰려왔을 것입니다. '이러다 아무것도 못 하겠지?' 하지만 그날은 그냥 누워 있기로 했습니다. 천장을 보며 아무것도 안 했습니다. 3분쯤 지나자 이상한 일이 벌어졌습니다. 천장 모서리 얼룩이 작은 섬 지도처럼 보였습니다. 물결 무늬, 산맥 모양, 항구 같은 검은 점. 갑자기 일어나서 그렸습니다. 얼룩을 따라 선을 긋자 섬이 되고 길이 생기고 마을이 생겼습니다. 5분 만에 전혀 계획하지 않은 작은 세계가 탄생했습니다. 영감은 종종 열심히 할 때가 아니라 멍할 때 찾아옵니다.

🎯 오늘의 미션 (10분)

오늘은 의도적으로 게으릅니다.

아무것도 하지 마세요.

☐ 누워 있기   ☐ 천장 보기

☐ 벽 보기   ☐ 창문 보기   ☐ 그냥 멍때리기

10분 동안 아무것도 하지 마세요.

📝여기에 적어보세요

10분 동안 본 것 [   ]

그 안에서 발견한 모양 [   ]

그게 뭐처럼 보였나요?

☐동물 ☐지도 ☐얼굴

☐건물 ☐기타: [   ]

🎨 발견한 모양 그리기

○ 멍하니 있을 때 떠오른 생각

[   ]

🌙 고요 속의 소리

아무것도 안 할 때 들린 소리 [   ]

✅ 완료 체크

☐ 10분 멍때림
☐ 모양 발견
☐ 기록 완료

완료 날짜: ____월 ____일

---------------- **이작가의 생각** ----------------

세상은 우리에게 쉬지 않고 생산하라고 말합니다. 계속 써라, 계속 그려라, 계속 만들어라. 하지만 창작은 생산이 아닙니다. 창작은 비워낸 자리에 무언가 흘러드는 것입니다. 당신이 오늘 의도적으로 게으름을 선택했을 때 당신은 발견했을 거예요. 아무것도 하지 않는 순간에도 눈은 무언가를 보고 귀는 무언가를 듣고 마음은 무언가를 느낀다는 것을요. 우리는 항상 쓰지 않아도 됩니다. 때로는 멈추고 듣고 기다려도 좋습니다. 화가는 항상 그리는 사람이 아닙니다. 때로는 멍하니 바라보고 발견하는 사람이 되어도 좋습니다. 오늘 당신이 누워서 본 천장의 얼룩, 그게 언젠가 당신 작품의 중심이 될 수도 있습니다. 게으름은 게으름이 아닙니다. 준비하는 시간입니다.

18. 혼자가 아닌 함께

나는 오랫동안 창작은 혼자 하는 거라고 믿었습니다. 조용한 방, 나만의 책상, 누구의 간섭도 없이 그게 편했고 안전했고 뻔한 방식이었습니다. 그런데 어느 날 카페에서 스케치를 하는데 옆 사람이 말했습니다. "느낌이 참 따뜻하네요." 그 한마디에 머릿속에서 뭔가 탁 켜졌습니다. "아, 이 그림에 햇빛을 더 넣으면 어떨까?" "노란색을 더 강조하면?" 몇 분 전까지 막혀 있던 이미지가 다시 움직이기 시작했습니다.

혼자 피운 불꽃은 작고 외롭습니다. 하지만 누군가의 말 한마디 누군가의 시선 하나가 그 불꽃에 바람을 불어넣기도 하지요. 영감은 혼자 태어나지만 함께할 때 더욱 크게 자랍니다.

🎯 **오늘의 미션 (하루 종일)**

오늘 만든 것을 누군가에게 보여주세요.

대상

☐ 친구 ☐ 가족 ☐ 온라인 커뮤니티

☐ SNS ☐ 카페 옆 사람

완성되지 않아도 괜찮습니다.

📝**여기에 적어보세요**

보여준 것 [   ]

보여준 사람 [   ]

그 사람의 반응 [   ]

그 말을 듣고 떠오른 생각 [   ]

피드백 기록

긍정적 반응 [   ]

예상 밖의 반응 [   ]

다음에 시도할 것 [   ]

🔵 네트워크 만들기

함께 창작할 수 있는 사람 3명

1. [   ] – 역할 [   ]

2. [   ] – 역할 [   ]

3. [   ] – 역할 [   ]

✅ 완료 체크

☐ 누구가에게 보여줌

☐ 반응 기록

☐ 아이디어 얻음

완료 날짜: _____월 _____일

혼자서 완성한 작품은 온전히 당신의 것이지요. 하지만 함께 만들어낸 영감은 당신 혼자서는 닿을 수 없던 곳까지 데려다줄 수 있습니다. 당신이 오늘 용기를 내서 누군가에게 보여준 그 순간 당신은 더 이상 혼자가 아니게 되었습니다. 창작자는 외로운 존재가 아닙니다. 서로의 불씨를 나누는 사람들입니다. 누군가의 한마디가 당신의 막힌 부분을 뚫고 당신의 한마디가 누군가의 다음 작품을 만듭니다. 영감은 순환합니다. 오늘 당신이 받은 반응 그 작은 울림 하나가 내일 당신의 손을 다시 움직이게 할 것입니다. 혼자 피운 불빛도 아름답지만 함께 키운 모닥불은 더 따뜻하고 더 오래 갑니다.

19. 지금, 여기서 시작하기

여기까지 잘 오셨습니다. 걸으며 세상을 보았고 소리에 귀 기울였고 버려진 것을 발견했고 감정에 색을 칠했습니다. 때로는 웃었고 때로는 막혔고 때로는 "이게 뭐지?" 싶으셨을 거예요. 하지만 당신은 한 장 한 장 페이지를 넘겼습니다. 마지막은 거창한 완성이 아닙니다. 지금, 여기서 즉시 시작하는 것입니다.

준비하지 마세요. 계획하지 마세요. 완벽하게 하려 하지 마세요. 그냥 지금 보이는 것 하나로 지금 할 수 있는 것을 잠시 해보는 것. 영감은 특별한 날에만 찾아오지 않습니다. 오늘, 바로 지금 당신 손끝에서 시작됩니다.

🎯 최종 미션 (5분)

아무것도 준비하지 마세요.

지금 눈에 보이는 것 하나로 시작하세요

· 글 한 줄 · 그림 하나 · 색 하나 · 선 하나

생각하지 말고 움직이세요.

💬 마무리

시작하기 전의 나 [   ]

지금 나 [   ]

가장 기억에 남는 순간

Day [   ] :[   ]

🎁 나에게 주는 메시지

완주한 나에게

_____

_____

'나도 뭔가 표현하고 싶은데…' 그 작은 마음 하나로 여기까지 왔습니다. 지금 당신 손에 남은 것은 완벽한 작품이 아닐 수 있습니다. 서툰 선, 어색한 문장, 어디로 갈지 모르는 아이디어. 하지만 그게 전부가 아닙니다. 당신은 이제 보는 법을 압니다. 듣는 법을 알지요. 느끼는 법을 압니다. 그리고 무엇보다 시작하는 법을 압니다. 이 책은 끝이지만 당신의 창작은 이제 시작입니다. 오늘 당신이 만든 것 그 작은 흔적 하나가 언젠가 당신 인생의 작품이 될 수도 있습니다. 영감은 멀리 있지 않았습니다. 항상 당신 곁에 있었습니다. 이제 당신이 할 일은 그저 손을 뻗는 것뿐입니다.

지금, 여기서.

끝이 아니라 시작

당신은 이 책을 덮으려 하고 있을 거예요. "이제 뭐하지?" 어떤 사람은 모든 챕터를 다 채웠을 거예요. 어떤 사람은 10개쯤 하다가 며칠 건너뛰고 다시 펼쳤을 거예요. 어떤 사람은 5에서 멈춰 있을 수도 있어요. 그래도 괜찮습니다. 이 책은 완주하는 게 목표가 아니었으니까요. 당신이 얻은 것, 당신은 많은 걸 적었습니다. 어떤 날은 한 줄, 어떤 날은 낙서 하나, 어떤 날은 색 하나. 그게 다 영감의 씨앗이에요. 지금은 작아 보이지만 언젠가 그 한 줄이 당신의 이야기가 되고, 그 낙서 하나가 당신의 그림이 되고, 그 색 하나가 당신의 세계가 될 거예요. 이 책을 덮은 후 내일부터 당신은 두 가지 선택을 할 수 있어요.

선택 1: 다시 펼치기

이 책은 한 번 하고 끝내는 책이 아니에요. 세달 후 다시 펼쳐보세요. 같은 미션을 해도 완전히 다른 결과가 나올 거예요. 과거의 당신과 지금의 당신이 다르듯이 지금의 당신과 몇달 후의 당신도 다를 테니까요.

선택 2: 빈 노트 시작하기

이 책에서 배운 것들을 이제 빈 노트에 적용해 보세요. 구조도, 형식도, 규칙도 없는 완전히 당신만의 방식으로요. 많은 사람들이 이렇게 생각합니다. '영감이 떠오르면 그때 쓸 거야' '기분 좋은 날 그릴 거야' '시간 날 때 시작할 거야' 하지만 창작은 특별한 날에 찾아오지 않아요. 매일매일 조금씩 손을 움직일 때 그게 쌓여서 작품이 되는 거예요. 오늘 한 줄, 내일 한 줄, 모레 낙서 하나 그게 30일 지나면 노트 한 권이 되고 1년이 지나면 당신만의 세계가 돼요. 이 책을 혼자만 간직하지 마세요. 주변에 '나도 뭔가 해보고 싶은데…' 라고 망설이는 사람이 있다면 이 책을 권해주세요. 창작은 혼자 하는 것 같지만 결국 서로의 용기가 서로를 움직이게 만들거든요. 당신이 이 책을 완주한 것처럼 누군 가도 당신 덕분에 첫 페이지를 펼칠 수 있을 거예요.

당신은 이미 창작자입니다. 이 책을 시작하기 전 당 신은 이렇게 생각했을 거예요. '나는 창작자가 아니야' '재능도 없고' '뭘 해야 할지도 모르겠어' 하지만 지금 은 알 거예요. 창작자는 완벽한 작품을 만드는 사람이 아니라 매일 조금씩 표현하는 사람이라는 걸. 당신이 적은 한 줄, 당신이 그은 선 하나, 당신이 느낀 색 하나 그 모든 것이 창작이었어요. 이제 시작입니다. 책 안 에서 영감을 찾는 여정은 여기서 끝났지만 당신의 이 야기는 이제 막 시작됐어요. 책을 덮은 후 창문을 보 세요. 빛이 들어오는 각도, 바람이 흔드는 나뭇잎, 멀 리서 들리는 소리, 그 모든 게 당신의 다음 이야기예 요. 더 이상 언젠가를 기다리지 마세요. 함께 영감 여 행을 떠나주어서 고마웠습니다. 이제 당신만의 페이 지를 채워가세요.

이 책에 남은 글과 그림의 자취가
당신의 하루에도 살짝 번지기를 바라며,
이지선 작가가 드립니다.

지구 소환행 출간 시리즈

지구 소환행 시리즈 Q

- 네 개의 날개, 네 가지 행복
쿼드콥터 드론

지구 소환행 시리즈 N

- 집 리셋 프로젝트
따라만 하면 되는 쉬운 집정리

지구 소확행 시리즈 I (Idea Unlimited)

하루 5분 글쓰기 챌린지
-따라면 하면 되는 세상 쉬운 글쓰기-

1쇄 발행 2026년 1월 12일
지은이 이지선
펴낸이 김영경
펴낸곳 쑬딴스북
표지 디자인 이지선
인디자인 인지예

출판등록 제2021-000088호(2021년 6월 22일)
주소 경기도 파주시 탄현면 헤이리마을길 82-91 B동 202호
이메일 fuha22@naver.com

ISBN 979-11-94047-32-2